HÉSIODE ÉDITIONS

ALFRED DE MUSSET

Le Secret de Javotte

Hésiode éditions

© Hésiode éditions.

1 rue Honoré - 93500 Pantin.
ISBN 978-2-38512-006-1
Dépôt légal : Octobre 2022

Impression Books on Demand GmbH

In de Tarpen 42
22848 Norderstedt, Allemagne

Le Secret de Javotte

I

L'automne dernier, vers huit heures du soir, deux jeunes gens revenant de la chasse suivaient à cheval la route de Noisy, à quelque distance de Luzarches. Derrière eux marchait un piqueur menant les chiens. Le soleil se couchait et dorait au loin la belle forêt de Carenelle, où le feu duc de Bourbon aimait à chasser. Tandis que le plus jeune des deux cavaliers, âgé d'environ vingt-cinq ans, trottait gaiement sur sa monture, et s'amusait à sauter les haies, l'autre paraissait distrait et préoccupé. Tantôt il excitait son cheval et le frappait avec impatience, tantôt il s'arrêtait tout à coup et restait au pas en arrière, comme absorbé par ses pensées. À peine répondait-il aux joyeux discours de son compagnon, qui, de son côté, le raillait de son silence. En un mot, il semblait livré à cette rêverie bizarre, particulière aux savants et aux amoureux, qui sont rarement où ils paraissent être. Arrivé à un carrefour, il mit pied à terre, et s'avançant au bord d'un fossé, il ramassa une petite branche de saule qui était enfoncée dans le sable assez profondément ; il détacha une feuille de cette branche, et, sans qu'on l'aperçût, la glissa furtivement dans son sein ; puis, remontant aussitôt à cheval :

– Pierre, dit-il au piqueur, prends le tourne-bride et va-t'en aux Clignets par le village ; nous rentrerons, mon frère et moi, par la garenne ; car je vois qu'aujourd'hui Gitana n'est pas sage, elle me ferait quelque sottise si nous rencontrions dans le chemin creux quelque troupeau de bestiaux rentrant à la ferme.

Le piqueur obéit et prit avec ses chiens un sentier tracé dans les roches. Voyant cela, le jeune Armand de Berville (ainsi se nommait le moins âgé des deux frères) partit d'un grand éclat de rire :

– Parbleu ! dit-il, mon cher Tristan, tu es d'une prudence admirable ce soir. N'as-tu pas peur que Gitana ne soit dévorée par un mouton ? Mais tu as beau faire ; je parierais que, malgré toutes tes précautions, cette pauvre bête, d'ordinaire si tranquille, va te jouer quelque mauvais tour d'ici à une demi-heure.

– Pourquoi cela ? demanda Tristan d'un ton bref et presque irrité.

– Mais, apparemment, répondit Armand en se rapprochant de son frère, parce que nous allons passer devant l'avenue de Renonval, et que ta jument est sujette à caracoler quand elle voit la grille. Heureusement, ajouta-t-il en riant, et de plus belle, que madame de Vernage est là, et que tu trouveras chez elle ton couvert mis, si Gitana te casse une jambe.

– Mauvaise langue, dit Tristan souriant à son tour un peu à contre-cœur, qu'est-ce qui pourra donc te déshabituer de tes méchantes plaisanteries ?

– Je ne plaisante pas du tout, reprit Armand ; et quel mal y a-t-il à cela ? Elle a de l'esprit, cette marquise ; elle aime le passe-poil, c'est de son âge. N'as-tu pas l'honneur d'être au service du roi dans le régiment des hussards noirs ? Si, d'une autre part, elle aime aussi la chasse, et si elle trouve que ton cor fait bon effet au soleil sur ta veste rouge, est-ce que c'est un péché mortel ?

– Écoute, écervelé, dit Tristan. Que tu badines ainsi entre nous, si cela te plaît, rien de mieux ; mais pense sérieusement à ce que tu dis quand il y a un tiers pour l'entendre. Madame de Vernage est l'amie de notre mère ; sa maison est une des seules ressources que nous ayons dans le pays pour nous désennuyer de cette vie monotone qui t'amuse, toi, avocat sans causes, mais qui me tuerait si je la menais longtemps. La marquise est presque la seule femme parmi nos rares connaissances…

– La plus agréable, ajouta Armand.

– Tant que tu voudras. Tu n'es pas fâché, toi-même, d'aller à Renonval, lorsqu'on nous y invite. Ce ne serait pas un trait d'esprit de notre part que de nous brouiller avec ces gens-là, et c'est ce que tes discours finiront par faire, si tu continues à jaser au hasard. Tu sais très bien que je n'ai pas plus qu'un autre la prétention de plaire à madame de Vernage…

– Prends garde à Gitana ! s'écria Armand. Regarde comme elle dresse les oreilles ; je te dis qu'elle sent la marquise d'une lieue.

– Trêve de plaisanteries. Retiens ce que je te recommande et tâche d'y penser sérieusement.

– Je pense, dit Armand, et très sérieusement, que la marquise est très bien en manches plates, et que le noir lui va à merveille.

– À quel propos cela ?

– À propos de manches. Est-ce que tu te figures qu'on ne voit rien dans ce monde ? L'autre jour, en causant dans le bateau, est-ce que je ne t'ai pas entendu très clairement dire que le noir était ta couleur, et cette bonne marquise, sur ce renseignement, n'a-t-elle pas eu la grâce de monter dans sa chambre en rentrant, et de redescendre galamment avec la plus noire de toutes ses robes ?

– Qu'y a-t-il d'étonnant ? n'est-il pas tout simple de changer de toilette pour dîner ?

– Prends garde à Gitana, te dis-je ; elle est capable de s'emporter, et de te mener tout droit, malgré toi, à l'écurie de Renonval. Et la semaine dernière, à la fête, cette même marquise, toujours de noir vêtue, n'a-t-elle pas trouvé naturel de m'installer dans la grande calèche avec mon chien et monsieur le curé, pour grimper dans ton tilbury, au risque de montrer sa jambe ?

– Qu'est-ce que cela prouve ? il fallait bien que l'un de nous deux subît cette corvée ?

– Oui, mais cet un, c'est toujours moi. Je ne m'en plains pas, je ne suis pas jaloux ; mais pas plus tard qu'hier, au rendez-vous de chasse, n'a-t-elle pas imaginé de quitter sa voiture et de me prendre mon propre cheval, que je lui ai cédé avec un désintéressement admirable, pour qu'elle pût galoper dans les bois à côté de monsieur l'officier ? Plains-toi donc de moi, je suis ta providence ; au lieu de te renfermer dans tes dénégations, tu me devrais, honnêtement parlant, ta confiance et tes secrets.

– Quelle confiance veux-tu qu'on ait dans un étourdi tel que toi, et quels secrets veux-tu que je te dise, s'il n'y a rien de vrai dans tes contes ?

– Prends garde à Gitana, mon frère.

– Tu m'impatientes avec ton refrain. Et quand il serait vrai que j'eusse fantaisie d'aller ce soir faire une visite à Renonval, qu'y aurait-il d'extraordinaire ? Aurais-je besoin d'un prétexte pour te prier d'y venir avec moi ou de rentrer seul à la maison ?

– Non, certainement ; de même que, si nous venions à rencontrer madame de Vernage se promenant devant son avenue, il n'y aurait non plus rien de surprenant. Le chemin que tu nous fais prendre est bien le plus long, il est vrai ; mais qu'est-ce que c'est qu'un quart de lieue de plus ou de moins en comparaison de l'éternité ? La marquise doit nous avoir entendus sonner du cor ; il serait bien juste qu'elle prît le frais sur la route, en compagnie de son inévitable adorateur et voisin, M. de la Bretonnière.

– J'avoue, dit Tristan, bien aise de changer de texte, que ce M. de la Bretonnière m'ennuie cruellement. Semble-t-il convenable qu'une femme d'autant d'esprit que madame de Vernage se laisse accaparer par un sot et traîne partout une pareille ombre ?

– Il est certain, répondit Armand, que le personnage est lourd et indigeste. C'est un vrai hobereau, dans la force du terme, créé et mis au monde pour l'état de voisin. Voisiner est son lot ; c'est même presque sa science, car il voisine comme personne ne le fait. Jamais je n'ai vu un homme mieux établi que lui hors de chez soi. Si on va dîner chez madame de Vernage, il est au bout de la table au milieu des enfants. Il chuchote avec la gouvernante, il donne de la bouillie au petit ; et remarque bien que ce n'est pas un pique-assiette ordinaire et classique, qui se croit obligé de rire si la maîtresse du logis dit un bon mot ; il serait plutôt disposé, s'il osait, à tout blâmer et tout contrecarrer. S'il s'agit d'une partie de campagne, jamais il ne manquera de trouver que le baromètre est à variable. Si quelqu'un cite une anecdote, ou parle d'une curiosité, il a vu quelque chose de bien mieux ; mais il ne daigne pas dire quoi, et se contente de hocher la tête avec une modestie à le souffleter. L'assommante créature ! je ne sais pas, en vérité, s'il est possible de causer un quart d'heure durant avec madame de Vernage, quand il est là, sans que sa tête inquiète et effarouchée vienne se placer entre elle et vous. Il n'est certes pas beau, il n'a pas d'esprit ; les trois quarts du temps il ne dit mot, et par une faveur spéciale de la Providence, il trouve moyen, en se taisant, d'être plus ennuyeux qu'un bavard, rien que par la façon dont il regarde parler les autres. Mais que lui importe ? Il ne vit pas, il assiste à la vie, et tâche de gêner, de décourager et d'impatienter les vivants. Avec tout cela, la marquise le supporte ; elle a la charité de l'écouter, de l'encourager ; je crois, ma foi, qu'elle l'aime et qu'elle ne s'en débarrassera jamais.

– Qu'entends-tu par là ? demanda Tristan, un peu troublé à ce dernier mot. Crois-tu qu'on puisse aimer un personnage semblable ?

– Non pas d'amour, reprit Armand avec un air d'indifférence railleuse. Mais enfin ce pauvre homme n'est pas non plus un monstre. Il est garçon et fort à l'aise. Il a, comme nous, un petit castel, une petite meute, et un grand vieux carrosse. Il possède sur tout autre, près de la marquise, cet incomparable avantage que donnent une habitude de dix ans et une obsession de tous les jours. Un nouveau venu, un officier en congé, permets-moi de te le dire tout bas, peut éblouir et plaire en passant ; mais celui qui est là tous les jours a quinte et quatorze par état, sans compter l'industrie, comme dit Basile.

Tandis que les deux frères causaient ainsi, ils avaient laissé les bois derrière eux et commençaient à entrer dans les vignes. Déjà ils apercevaient sur le coteau le clocher du village de Renonval.

– Madame de Vernage, continua Armand, a cent belles qualités ; mais c'est une coquette. Elle passe pour dévote, et elle a un chapelet bénit accroché à son étagère ; mais elle aime assez les fleurettes. Ne t'en déplaise, c'est, à mon avis, une femme difficile à deviner et passablement dangereuse.

– Cela est possible, dit Tristan.

– Et même probable, reprit son frère. Je ne suis pas fâché que tu le penses comme moi, et je te dirai volontiers à mon tour : Parlons sérieusement. J'ai depuis longtemps occasion de la connaître et de l'étudier de près. Toi, tu viens ici pour quelques jours ; tu es un jeune et beau garçon, elle est une belle et spirituelle femme ; tu ne sais que faire, elle te plaît, tu lui en contes, et elle te laisse dire. Moi, qui la vois l'hiver comme l'été, à Paris comme à la campagne, je suis moins confiant, et elle le sait bien ; c'est pourquoi elle me prend mon cheval et me laisse en tête-à-tête avec le curé. Ses grands yeux noirs, qu'elle baisse vers la terre avec une modestie parfois si sévère, savent se relever vers toi, j'en suis bien sûr, lorsque vous courez la forêt, et je dois convenir que cette femme a un grand charme. Elle a tourné la tête, à ma connaissance, à trois ou quatre pauvres petits garçons qui ont failli en perdre l'esprit ; mais veux-tu que je t'exprime ma pensée ? Je te dirai, en style de Scudéry, qu'on pénètre assez facilement jusqu'à l'antichambre de son cœur, mais que l'appartement est toujours fermé, peut-être parce qu'il n'y a personne.

– Si tu ne te trompais pas, dit Tristan, ce serait un assez vilain caractère.

– Non pas à son avis : qu'a-t-on à lui reprocher ? Est-ce sa faute si on devient amoureux d'elle ? Bien qu'elle n'ait guère plus de trente ans, elle dit à qui veut l'entendre qu'elle a renoncé, depuis qu'elle est veuve, aux plaisirs du monde, qu'elle veut vivre en paix dans sa terre, monter à cheval et prier Dieu. Elle fait l'aumône et va à confesse ; or, toute femme qui a un confesseur, si elle n'est pas sincèrement et véritablement religieuse, est la pire espèce de coquette que la civilisation ait inventée. Une femme pareille, sûre d'elle-même, belle encore et jouissant volontiers des petits privilèges de la beauté, sait composer sans cesse, non avec sa conscience, mais avec sa prochaine confession. Aux moments mêmes où elle semble se livrer avec le plus charmant abandon aux cajoleries qu'elle aime tout bas, elle regarde si le bout de son pied est suffisamment caché sous sa robe, et calcule la place où elle peut laisser prendre, sans péché, un baiser sur sa mitaine. À quoi bon ? diras-tu. Si la foi lui manque, pourquoi ne pas être franchement coquette ? Si elle croit, pourquoi s'exposer à la tentation ? Parce qu'elle la brave et s'en amuse. Et, en effet, on ne saurait dire qu'elle soit sincère ni hypocrite ; elle est ainsi et elle plaît ; ses victimes passent et disparaissent. La Bretonnière, le silencieux, restera jusqu'à sa mort, très probablement, sur le seuil du temple où ce sphynx aux grands yeux rend ses oracles et respire l'encens.

Tristan, pendant que son frère parlait, avait arrêté son cheval. La grille du château de Renonval n'était plus éloignée que d'une centaine de pas. Devant cette grille, comme Armand l'avait prévu, madame de Vernage se promenait sur la pelouse ; mais elle était seule, contre l'ordinaire. Tristan changea tout à coup de visage.

– Écoute, Armand, dit-il, je t'avoue que je l'aime. Tu es homme et tu as du cœur ; tu sais aussi bien que moi que devant la passion il n'y a ni loi ni conseil. Tu n'es pas le premier qui me parle ainsi d'elle ; on m'a dit tout cela, mais je n'en puis rien croire. Je suis subjugué par cette femme ; elle est si charmante, si aimable, si séduisante, quand elle veut…

– Je le sais très bien, dit Armand.

– Non, s'écria Tristan, je ne puis croire qu'avec tant de grâce, de douceur, de piété, car enfin elle fait l'aumône, comme tu dis, et remplit ses devoirs ; je ne puis, je ne veux pas croire qu'avec tous les dehors de la franchise et de la bonté, elle puisse être telle que tu te l'imagines. Mais il n'importe ; je cherchais un motif pour te laisser en chemin, et pour rester seul ; j'aime mieux m'en fier à ta parole. Je vais à Renonval ; retourne aux Clignets. Si notre bonne mère s'inquiète de ne pas me voir avec toi, tu lui diras que j'ai perdu la chasse, que mon cheval est malade, ce que tu voudras. Je ne veux faire qu'une courte visite, et je reviendrai sur-le-champ.

– Pourquoi ce mystère, s'il en est ainsi ?

– Parce que la marquise elle-même reconnaît que c'est le plus sage. Les gens du pays sont bavards, sots et importuns comme trois petites villes ensemble. Garde-moi le secret ; à ce soir.

Sans attendre une réponse, Tristan partit au galop.

Demeuré seul, Armand changea de route, et prit un chemin de traverse qui le menait plus vite chez lui. Ce n'était pas, on le pense bien, sans déplaisir ni sans une sorte de crainte qu'il voyait son frère s'éloigner. Jeune d'années, mais déjà mûri par une précoce expérience du monde, Armand de Berville, avec un esprit souvent léger en apparence, avait beaucoup de sens et de raison. Tandis que Tristan, officier distingué dans l'armée, courait en Algérie les chances de la guerre, et se livrait parfois aux dangereux écarts d'une imagination vive et passionnée, Armand restait à la maison et tenait compagnie à sa vieille mère. Tristan le raillait parfois de ses goûts sédentaires, et l'appelait monsieur l'abbé, prétendant que, sans la Révolution, il aurait porté la tonsure, en sa qualité de cadet ; mais cela ne le fâchait pas. – Va pour le titre, répondait-il, mais donne-moi le bénéfice. La baronne de Berville, la mère, veuve depuis longtemps, habitait le Marais en hiver, et dans la belle saison la petite terre des Clignets. Ce n'était pas une maison assez riche pour entretenir un grand équipage, mais comme les jeunes gens aimaient la chasse et que la baronne adorait ses enfants, on avait fait venir des foxhounds d'Angleterre ; quelques voisins avaient suivi cet exemple ; ces petites meutes réunies formaient de quoi composer des chasses passables dans les bois qui entouraient la forêt de Carenelle. Ainsi s'étaient établies rapidement, entre les habitants des Clignets et ceux de deux ou trois châteaux des environs, des relations amicales et presque intimes. Madame de Vernage, comme on vient de le voir, était la reine du canton. Depuis le sieur de Franconville et le magistrat de Beauvais jusqu'à l'élégant un peu arriéré de Luzarches, tout rendait hommage à la belle marquise, voire même le curé de Noisy. Renonval était le rendez-vous de ce qu'il y avait de personnes notables dans l'arrondissement de Pontoise. Toutes étaient d'accord pour vanter, comme Tristan, la grâce et la bonté de la châtelaine. Personne ne résistait à l'empire souverain qu'elle exerçait, comme on dit, sur les cœurs ; et c'est précisément pourquoi Armand était fâché que son frère ne revînt pas souper avec lui.

Il ne lui fut pas difficile de trouver un prétexte pour justifier cette absence, et de dire à la baronne en rentrant que Tristan s'était arrêté chez un fermier, avec lequel il était en marché pour un coin de terre. Madame de Berville, qui ne dînait qu'à neuf heures quand ses enfants allaient à la chasse, afin de prendre son repas en famille, voulut attendre pour se mettre à table que son fils aîné fût revenu. Armand, mourant de faim et de soif, comme tout chasseur qui a fait son métier, parut médiocrement satisfait de ce retard qu'on lui imposait. Peut-être craignait-il, à part lui, que la visite à Renonval ne se prolongeât plus longtemps qu'il n'avait été dit. Quoi qu'il en fût, il prit d'abord, pour se donner un peu de patience, un à-compte sur le dîner, puis il alla visiter ses chiens et jeter à l'écurie le coup d'œil du maître, et revint s'étendre sur un canapé, déjà à moitié endormi par la fatigue de la journée.

La nuit était venue, et le temps s'était mis à l'orage. Madame de Berville, assise, comme de coutume, devant son métier à tapisserie, regardait la pendule, puis la fenêtre, où ruisselait la pluie. Une demi-heure s'écoula lentement, et bientôt vint l'inquiétude.

– Que fait donc ton frère ? disait la baronne ; il est impossible qu'à cette heure et par un temps semblable il s'arrête si longtemps en route ; quelque accident lui sera arrivé : je vais envoyer à sa rencontre.

– C'est inutile, répondait Armand ; je vous jure qu'il se porte aussi bien que nous, et peut-être mieux ; car, voyant cette pluie, il se sera sans doute fait donner à souper dans quelque cabaret de Noisy, pendant que nous sommes à l'attendre.

L'orage redoublait, le temps se passait ; de guerre lasse, on servit le dîner ; mais il fut triste et silencieux. Armand se reprochait de laisser ainsi sa mère dans une incertitude cruelle, et qui lui semblait inutile ; mais il avait donné sa parole. De son côté, madame de Berville voyait aisément, sur le visage de son fils, l'inquiétude qui l'agitait ; elle n'en pénétrait pas la cause, mais l'effet ne lui échappait pas. Habituée à toute la tendresse et aux confidences même d'Armand, elle sentait que, s'il gardait le silence, c'est qu'il y était obligé. Par quelle raison ? elle l'ignorait, mais elle respectait cette réserve, tout en ne pouvant s'empêcher d'en souffrir. Elle levait les yeux vers lui d'un air craintif et presque suppliant, puis elle écoutait gronder la foudre, et haussait les épaules en soupirant. Ses mains tremblaient, malgré elle, de l'effort qu'elle faisait pour paraître tranquille. À mesure que l'heure avançait, Armand se sentait de moins en moins le courage de tenir sa promesse. Le dîner terminé, il n'osait se lever ; la mère et le fils restèrent longtemps seuls, appuyés sur la table desservie, et se comprenant sans ouvrir les lèvres.

Vers onze heures, la femme de chambre de la baronne étant venue apporter les bougeoirs, madame de Berville souhaita le bonsoir à son fils, et se retira dans son appartement pour dire ses prières accoutumées.

– Que fait-il, en effet, cet étourdi garçon ? se disait Armand, tout en se débarrassant, pour se mettre au lit, de son attirail de chasseur. Rien de bien inquiétant, cela est probable. Il fait les yeux doux à madame de Vernage, et subit le silence imposant de la Bretonnière. Est-ce bien sûr ? Il me semble qu'à cette heure-ci la Bretonnière doit être dans son coche, en route pour aller se coucher. Il est vrai que Tristan est peut-être en route aussi ; j'en doute, pourtant ; le chemin n'est pas bon, il pleut bien fort pour monter à cheval. D'une autre part, il y a d'excellents lits à Renonval, et une marquise si polie peut certainement offrir un asile à un capitaine surpris par l'orage. Il est probable, tout bien considéré, que Tristan ne reviendra que demain. Cela est fâcheux, pour deux raisons : d'abord cela inquiète notre mère, et puis, c'est toujours une chose dangereuse que ces abris trouvés chez une voisine ; il n'y a rien qui porte moins conseil qu'une nuit passée sous le toit d'une jolie femme, et on ne dort jamais bien chez les gens dont on rêve. Quelquefois même, on ne dort pas du tout. Que va-t-il advenir de Tristan s'il se prend tout de bon pour cette coquette ? Il a du cœur pour deux, mais tant pis. Elle trouvera aisé de le jouer, trop aisé, peut-être, c'est là mon espoir. Elle dédaignera d'en agir faussement envers un si loyal caractère. Mais, après tout, se disait encore Armand, en soufflant sur sa bougie, qu'il revienne quand il voudra, il est beau et brave. Il s'est tiré d'affaire à Constantine, il s'en tirera à Renonval.

Il y avait longtemps que toute la maison reposait et que le silence régnait dans la campagne lorsque le bruit des pas d'un cheval se fit entendre sur la route. Il était deux heures du matin ; une voix impérieuse cria qu'on ouvrît, et tandis que le garçon d'écurie levait lourdement, l'une après l'autre, les barres de fer qui retenaient la grande porte, les chiens se mirent, selon leur coutume, à pousser de longs gémissements. Armand, qui dormait de tout son cœur, réveillé en sursaut, vit tout à coup devant lui son frère tenant un flambeau et enveloppé d'un manteau dégouttant de pluie.

– Tu rentres à cette heure-ci ? lui dit-il ; il est bien tard ou bien matin.

Tristan s'approcha de lui, lui serra la main, et lui dit avec l'accent d'une colère presque furieuse :

– Tu avais raison, c'est la dernière des femmes, et je ne la reverrai de ma vie.

Après quoi il sortit brusquement.

II

Malgré toutes les questions, toutes les instances que put faire Armand, Tristan ne voulut donner à son frère aucune explication des étranges paroles qu'il avait prononcées en rentrant. Le lendemain, il annonça à sa mère que ses affaires le forçaient d'aller à Paris pour quelques jours, et donna ses ordres en conséquence ; il avait le dessein de partir le soir même.

– Il faut convenir, disait Armand, que tu en agis avec moi d'une façon un peu cavalière. Tu me fais la moitié d'une confidence, et tu t'en vas d'un jour à l'autre avec le reste de ton secret. Que veux-tu que je pense de ce départ impromptu ?

– Ce qu'il te plaira, répondit Tristan avec une indifférence si tranquille qu'elle semblait n'avoir rien d'emprunté, tu ne feras qu'y perdre ta peine. J'ai eu un mouvement de colère, il est vrai, pour une bagatelle, une querelle d'amour-propre, une bouderie, comme tu voudras l'appeler. La Bretonnière m'a ennuyé ; la marquise était de mauvaise humeur ; l'orage m'a contrarié ; je suis revenu je ne sais pourquoi, et je t'ai parlé sans savoir ce que je disais. Je conviendrai bien, si tu veux, qu'il y a un peu de froid entre la marquise et moi ; mais, à la première occasion, tu nous verras amis comme devant.

– Tout cela est bel et bon, répliquait Armand, mais tu ne parlais pas hier par énigme, quand tu m'as dit : C'est la dernière des femmes. Il n'y a là mauvaise humeur qui tienne. Quelque chose est arrivé que tu caches.

– Et que veux-tu qu'il me soit arrivé ? demandait Tristan.

À cette question, Armand baissait la tête, et restait muet ; car en pareille circonstance, du moment que son frère se taisait, toute supposition, même faite en plaisantant, pouvait être aisément blessante.

Vers le milieu de la journée, une calèche découverte entra dans la cour des Clignets. Un petit homme d'assez mauvaise tournure, à l'air gauche et endimanché, descendit aussitôt de la voiture, baissa lui-même le marche-pied et présenta la main à une grande et belle femme, mise simplement et avec goût. C'était madame de Vernage et la Bretonnière qui venaient faire visite à la baronne. Tandis qu'ils montaient le perron, où madame de Berville vint les recevoir, Armand observa le visage de son frère avec un peu de surprise et beaucoup d'attention. Mais Tristan le regarda en souriant, comme pour lui dire : Tu vois qu'il n'y a rien de nouveau.

À la tournure aisée que prit la conversation, aux politesses froides, mais sans nulle contrainte, qu'échangèrent Tristan et la marquise, il ne semblait pas, en effet, que rien d'extraordinaire se fût passé la veille. La marquise apportait à madame de Berville, qui aimait les oiseaux, un nid de rouges-gorges ; la Bretonnière l'avait dans son chapeau. On descendit dans le jardin et on alla voir la volière. La Bretonnière, bien entendu, donna le bras à la baronne ; les deux jeunes gens restèrent près de madame de Vernage. Elle paraissait plus gaie que de coutume ; elle marchait au hasard de côté et d'autre sans respect pour les buis de la baronne, et tout en se faisant un bouquet au passage.

– Eh bien ! messieurs, dit-elle, quand chassons-nous ?

Armand attendait cette question pour entendre Tristan annoncer son départ. Il l'annonça effectivement du ton le plus calme ; mais, en même temps, il fixa sur la marquise un regard pénétrant, presque dur et offensif. Elle ne parut y faire aucune attention, et ne lui demanda même pas quand il comptait revenir.

— En ce cas-là, reprit-elle, monsieur Armand, vous serez le seul représentant des Berville que nous verrons à Renonval ; car je suppose que nous vous aurons. La Bretonnière dit qu'il a découvert, avec les lunettes de mon garde, une espèce de cochon sauvage à qui la barbe vient comme aux oiseaux les plumes…

— Point du tout, dit la Bretonnière, c'est une sorte de truie chinoise, de couleur noire, appelée tonkin. Lorsque ces animaux quittent la basse-cour et s'habituent à vivre dans les bois…

— Oui, dit la marquise, ils deviennent farouches, et, à force de manger du gland, les défenses leur poussent au bout du museau.

— C'est de toute vérité, répondit la Bretonnière, non pas, il est vrai, à la première, ni même à la seconde génération ; mais il suffit que le fait existe, ajouta-t-il d'un air satisfait.

— Sans doute, reprit madame de Vernage, et si un homme s'avisait de faire comme mesdames les tonkines, de s'installer dans une forêt, il en résulterait que ses petits-enfants auraient des cornes sur la tête. Et c'est ce qui prouve, continua-t-elle en frappant de son bouquet sur la main de Tristan, qu'on a grand tort de faire le sauvage : cela ne réussit à personne.

— Cela est encore vrai, dit la Bretonnière ; la sauvagerie est un grand défaut.

— Elle vaut pourtant mieux, répondit Tristan, qu'une certaine espèce de domesticité.

La Bretonnière ouvrait de grands yeux, ne sachant trop s'il devait se fâcher.

– Oui, dit madame de Berville à la marquise, vous avez bien raison. Grondez-moi ce méchant garçon, qui est toujours sur les grands chemins, et qui veut encore nous quitter ce soir pour aller à Paris. Défendez-lui donc de partir.

Madame de Vernage, qui, tout à l'heure, n'avait pas dit un mot pour essayer de retenir Tristan, se voyant ainsi priée de le faire, y mit aussitôt toute l'insistance et toute la bonne grâce dont elle était capable. Elle prit son plus doux regard et son plus doux sourire pour dire à Tristan qu'il se moquait, qu'il n'avait point d'affaires à Paris, que la curiosité d'une chasse au tonkin devait l'emporter sur tout au monde ; qu'enfin elle le priait officiellement de venir déjeuner le lendemain à Renonval. Tristan répondait à chacun de ses compliments par un de ces petits saluts insignifiants qu'ont inventés les gens qui ne savent quoi dire : il était clair que sa patience était mise à une cruelle épreuve. Madame de Vernage n'attendit pas un refus qu'elle prévoyait, et, dès qu'elle eut cessé de parler, elle se retourna et s'occupa d'autre chose, exactement comme si elle eût répété une comédie et que son rôle eût été fini.

– Que signifie tout cela ? se disait toujours Armand. Quel est celui qui en veut à l'autre ? Est-ce mon frère ? est-ce la Bretonnière ? Que vient faire ici la marquise ?

La façon d'être de madame de Vernage était, en effet, difficile à comprendre. Tantôt elle témoignait à Tristan une froideur et une indifférence marquées ; tantôt elle paraissait le traiter avec plus de familiarité et de coquetterie qu'à l'ordinaire. – Cassez-moi donc cette branche-là, lui disait-elle ; cherchez-moi du muguet. J'ai du monde ce soir, je veux être toute en fleurs ; je compte mettre une robe botanique, et avoir un jardin sur la tête.

Tristan obéissait : il le fallait bien. La marquise se trouva bientôt avoir une véritable botte de fleurs, mais aucune ne lui plaisait. – Vous n'êtes pas connaisseur, disait-elle, vous êtes un mauvais jardinier ; vous brisez tout, et vous croyez bien faire parce que vous vous piquez les doigts ; mais ce n'est pas cela, vous ne savez pas choisir.

En parlant ainsi, elle effeuillait les branches, puis les laissait tomber à terre, et les repoussait du pied en marchant, avec ce dédain sans souci qui fait quelquefois tant de mal le plus innocemment du monde.

Il y avait au milieu du parc une petite rivière avec un pont de bois qui était brisé, mais dont il restait encore quelques planches. La Bretonnière, selon sa manie, déclara qu'il y avait danger à s'y hasarder, et qu'il fallait revenir par un autre chemin. La marquise voulut passer, et commençait à prendre les devants, quand la baronne lui représenta qu'en effet ce pont était vermoulu, et qu'elle courait le risque d'une chute assez grave.

– Bah ! dit madame de Vernage. Vous calomniez vos planches pour faire les honneurs de la profondeur de votre rivière ; et si je faisais comme Condé, qu'est-ce qu'il arriverait donc ?

Devant monter à cheval, au retour, elle avait à la main une cravache. Elle la jeta de l'autre côté de l'eau, dans une petite île : – Maintenant, messieurs, reprit-elle, voilà mon bâton jeté à l'ennemi. Qui de vous ira le chercher ?

– C'est fort imprudent, dit la Bretonnière ; cette cravache est fort jolie, la pomme en est très bien ciselée.

– Y aura-t-il du moins une récompense honnête ? demanda Armand.

– Fi donc ! s'écria la marquise. Vous marchandez avec la gloire ! Et vous, monsieur le hussard, ajouta-t-elle en se tournant vers Tristan, qu'est-ce que vous dites ? passerez-vous ?

Tristan semblait hésiter, non par crainte du danger ni du ridicule, mais par un sentiment de répugnance à se voir ainsi provoqué pour une semblable bagatelle. Il fronça le sourcil et répondit froidement :

– Non, madame.

– Hélas ! dit madame de Vernage en soupirant, si mon pauvre Phanor était là, il m'aurait déjà rendu ma cravache.

La Bretonnière, tâtant le pont avec sa canne, le contemplait d'un air de réflexion profonde ; appuyée nonchalamment sur la poutre brisée qui servait de rampe, la marquise s'amusait à faire plier les planches en se balançant au-dessus de l'eau : elle s'élança tout à coup, traversa le pont avec une vivacité et une légèreté charmantes, et se mit à courir dans l'île. Armand avait voulu la prévenir, mais son frère lui prit le bras, et, se mettant à marcher à grands pas, l'entraîna à l'écart dans une allée ; là, dès que les deux jeunes gens furent seuls :

– La patience m'échappe, dit Tristan. J'espère que tu ne me crois pas assez sot pour me fâcher d'une plaisanterie ; mais cette plaisanterie a un motif. Sais-tu ce qu'elle vient chercher ici ? Elle vient me braver, jouer avec ma colère, et voir jusqu'à quel point j'endurerai son audace ; elle sait ce que signifie son froid persiflage. Misérable cœur ! méprisable femme, qui, au lieu de respecter mon silence et de me laisser m'éloigner d'elle en paix, vient promener ici sa petite vanité, et se faire une sorte de triomphe d'une discrétion qu'on ne lui doit pas !

– Explique-toi, dit Armand ; qu'y a-t-il ?

– Tu sauras tout, car, aussi bien, tu y es intéressé, puisque tu es mon frère. Hier au soir, pendant que nous causions sur la route, et que tu me disais tant de mal de cette femme, je suis descendu de cheval au carrefour des Roches. Il y avait à terre une branche de saule, que tu ne m'as pas vu ramasser ; cette branche de saule, c'était madame de Vernage qui l'avait enfoncée dans le sable, en se promenant le matin. Elle riait tout à l'heure en m'en faisant casser d'autres aux arbres ; mais celle-là avait un sens : elle voulait dire que la gouvernante et les enfants de la marquise étaient allés chez son oncle à Beaumont, que la Bretonnière ne viendrait pas dîner, et que, si je craignais d'éveiller les gens en sortant de Renonval un peu plus tard, je pouvais laisser mon cheval chez le bonhomme du Héloy.

– Peste ! dit Armand, tout cela dans un brin de saule !

– Oui, et plût à Dieu que j'eusse repoussé du pied ce brin de saule comme elle vient de le faire pour nos fleurs ! Mais, je te l'ai dit et tu l'as vu toi-même, je l'aimais, j'étais sous le charme. Quelle bizarrerie ! Oui ! hier encore je l'adorais ; j'étais tout amour, j'aurais donné mon sang pour elle, et aujourd'hui…

– Eh bien, aujourd'hui ?

– Écoute ; il faut, pour que tu me comprennes, que tu saches d'abord une petite aventure qui m'est arrivée l'an passé. Tu sauras donc qu'au bal de l'Opéra j'ai rencontré une espèce de grisette, de modiste, je ne sais quoi. Je suis venu à faire sa connaissance par un hasard assez singulier. Elle était assise à côté de moi, et je ne faisais nulle attention à elle, lorsque Saint-Aubin, que tu connais, vint me dire bonsoir. Au même instant, ma voisine, comme effrayée, cacha sa tête derrière mon épaule ; elle me dit à l'oreille qu'elle me suppliait de la tirer d'embarras, de lui donner le bras pour faire un tour de foyer ; je ne pouvais guère m'y refuser. Je me levai avec elle, et je quittai Saint-Aubin. Elle me conta là-dessus qu'il était son amant, qu'elle avait peur de lui, qu'il était jaloux, enfin, qu'elle le fuyait.

Je me trouvais ainsi tout à coup jouer, aux yeux de Saint-Aubin, le rôle d'un rival heureux ; car il avait reconnu sa grisette, et nous suivait d'un air mécontent. Que te dirai-je ? Il me parut plaisant de prendre à peu près au sérieux ce rôle que l'occasion m'offrait. J'emmenai souper la petite fille. Saint-Aubin, le lendemain, vint me trouver et voulut se fâcher. Je lui ris au nez, et je n'eus pas de peine à lui faire entendre raison. Il convint de bonne grâce qu'il n'était guère possible de se couper la gorge pour une demoiselle qui se réfugiait au bal masqué pour fuir la jalousie de son amant. Tout se passa en plaisanterie, et l'affaire fut oubliée ; tu vois que le mal n'est pas grand.

— Non, certes ; il n'y a là rien de bien grave.

— Voici maintenant ce qui arrive : Saint-Aubin, comme tu sais, voit quelquefois madame de Vernage. Il est venu ici et à Renonval. Or, cette nuit, au moment même où la marquise, assise près de moi, écoutait de son grand air de reine toutes les folies qui me passaient par la tête, et essayait, en souriant, cette bague qui, grâce au ciel, est encore à mon doigt, sais-tu ce qu'elle imagine de me dire ? Que cette histoire de bal lui a été contée, qu'elle la sait de bonne source, que Saint-Aubin adorait cette grisette, qu'il a été au désespoir de l'avoir perdue, qu'il a voulu se venger, qu'il m'a demandé raison, que j'ai reculé, et qu'alors…

Tristan ne put achever. Pendant quelques minutes les deux frères marchèrent en silence.

— Qu'as-tu répondu ? dit enfin Armand.

— Je lui ai répondu une chose très simple. Je lui ai dit tout bonnement : Madame la marquise, un homme qui souffre qu'un autre homme lève la main sur lui impunément s'appelle un lâche, vous le savez très bien. Mais la femme qui, sachant cela, ou le croyant, devient la maîtresse de ce lâche, s'appelle aussi d'un certain nom qu'il est inutile de vous dire. Là-dessus, j'ai pris mon chapeau.

– Et elle ne t'a pas retenu ?

– Si fait, elle a d'abord voulu prendre les choses en riant, et me dire que je me fâchais pour un propos en l'air. Ensuite, elle m'a demandé pardon de m'avoir offensé sans dessein ; je ne sais même pas si elle n'a pas essayé de pleurer. À tout cela, je n'ai rien répliqué, sinon que je n'attachais aucune importance à une indignité qui ne pouvait m'atteindre, qu'elle était libre de croire et de penser tout ce que bon lui semblerait, et que je ne me donnerais pas la moindre peine pour lui ôter son opinion. Je suis, lui ai-je dit, soldat depuis dix ans, mes camarades qui me connaissent auraient quelque peine à admettre votre conte, et par conséquent je ne m'en soucie qu'autant qu'il faut pour le mépriser.

– Est-ce là réellement ta pensée ?

– Y songes-tu ? Si je pouvais hésiter à savoir ce que j'ai à faire, c'est précisément parce que je suis soldat que je n'aurais pas deux partis à prendre. Veux-tu que je laisse une femme sans cœur plaisanter avec mon honneur, et répéter demain sa misérable histoire à une coquette de son bord, ou à quelqu'un de ces petits garçons à qui tu prétends qu'elle tourne la tête ? Supposes-tu que mon nom, le tien, celui de notre mère, puisse devenir un objet de risée ? Seigneur Dieu ! cela fait frémir !

– Oui, dit Armand, et voilà cependant les petits badinages pleins de grâce qu'inventent ces dames pour se désennuyer. Faire d'une niaiserie un roman bien noir, bien scandaleux, voilà le bon plaisir de leur cervelle creuse. Mais que comptes-tu faire maintenant ?

– Je compte aller ce soir à Paris. Saint-Aubin est aussi un soldat ; c'est un brave ; je suis loin de croire, Dieu m'en préserve ! qu'un mot de sa part ait jamais pu donner l'idée de cette fable fabriquée par quelque femme de chambre ; mais, à coup sûr, je le ramènerai ici, et il ne lui sera pas plus difficile de dire tout haut la vérité, qu'il ne me le sera, à moi, de l'entendre. C'est une démarche fâcheuse, pénible, que je ferai là, sans nul doute ; c'est une triste chose que d'aller trouver un camarade, et de lui dire : On m'accuse d'avoir manqué de cœur. Mais n'importe, en pareille circonstance, tout est juste et doit être permis. Je te le répète, c'est notre nom que je défends, et s'il ne devait pas sortir de là pur comme de l'or, je m'arracherais moi-même la croix que je porte. Il faut que la marquise entende Saint-Aubin lui dire, en ma présence, qu'on lui a répété un sot conte, et que ceux qui l'ont forgé en ont menti. Mais, une fois cette explication faite, il faut que la marquise m'entende aussi à mon tour ; il faut que je lui donne bien discrètement, en termes bien polis, en tête-à-tête, une leçon qu'elle n'oublie jamais ; je veux avoir le petit plaisir de lui exprimer nettement ce que je pense de son orgueil et de sa ridicule pruderie. Je ne prétends pas faire comme Bussy d'Amboise, qui, après avoir exposé sa vie pour aller chercher le bouquet de sa maîtresse, le lui jeta à la figure : je m'y prendrai plus civilement ; mais quand une bonne parole produit son effet, il importe peu comment elle est dite, et je te réponds que d'ici à quelque temps, du moins, la marquise sera moins fière, moins coquette et moins hypocrite.

– Allons rejoindre la compagnie, dit Armand, et ce soir j'irai avec toi. Je te laisserai faire tout seul, cela va sans dire ; mais, si tu le permets, je serai dans la coulisse.

La marquise se disposait à retourner chez elle lorsque les deux frères reparurent. Elle se doutait vraisemblablement qu'elle avait été pour quelque chose dans leur conversation, mais son visage n'en exprimait rien ; jamais, au contraire, elle n'avait semblé plus calme et plus contente d'elle-même. Ainsi qu'il a été dit, elle s'en allait à cheval. Tristan, faisant les honneurs de la maison, s'approcha pour lui prendre le pied et la mettre en selle. Comme elle avait marché sur le sable mouillé, son brodequin était humide, en sorte que l'empreinte en resta marquée sur le gant de Tristan. Dès que madame de Vernage fut partie, Tristan ôta ce gant et le jeta à terre.

– Hier, je l'aurais baisé, dit-il à son frère.

Le soir venu, les deux jeunes gens prirent la poste ensemble, et allèrent coucher à Paris. Madame de Berville, toujours inquiète et toujours indulgente, comme une vraie mère qu'elle était, fit semblant de croire aux raisons qu'ils prétendirent avoir pour partir. Dès le lendemain matin, comme on le pense bien, leur premier soin fut d'aller demander M. de Saint-Aubin, capitaine de dragons, rue Neuve-Saint-Augustin, à l'hôtel garni où il logeait habituellement quand il était en congé.

– Dieu veuille que nous le trouvions ! disait Armand. Il est peut-être en garnison bien loin.

– Quand il serait à Alger, répondait Tristan, il faut qu'il parle, ou du moins qu'il écrive ; j'y mettrai six mois, s'il le faut, mais je le trouverai, ou il dira pourquoi.

Le garçon de l'hôtel était un Anglais, chose fort commode peut-être pour les sujets de la reine Victoria curieux de visiter Paris, mais assez gênante pour les Parisiens. À la première parole de Tristan, il répondit par l'exclamation la plus britannique :

– Oh !

– Voilà qui est bien, dit Armand, plus impatient encore que son frère ; mais M. de Saint-Aubin est-il ici ?

– Oh ! no.

– N'est-ce pas dans cette maison qu'il demeure ?

– Oh ! yes.

– Il est donc sorti ?

– Oh ! no.

– Expliquez-vous. Peut-on lui parler ?

– No, sir, impossible.

– Pourquoi, impossible ?

– Parce qu'il est… Comment dites-vous ?

– Il est malade.

– Oh ! no, il est mort.

III

Il serait difficile de peindre l'espèce de consternation qui frappa Tristan et son frère en apprenant la mort de l'homme qu'ils avaient un si grand désir de retrouver. Ce n'est jamais, quoi qu'on en dise, une chose indifférente que la mort. On ne la brave pas sans courage, on ne la voit pas sans horreur, et il est même douteux qu'un gros héritage puisse rendre vraiment agréable sa hideuse figure, dans le moment où elle se présente. Mais quand elle nous enlève subitement quelque bien ou quelque espérance, quand elle se mêle de nos affaires et nous prend dans les mains ce que nous croyons tenir, c'est alors surtout qu'on sent sa puissance, et que l'homme reste muet devant le silence éternel.

Saint-Aubin avait été tué en Algérie, dans une razzia. Après s'être fait raconter, tant bien que mal, par les gens de l'hôtel, les détails de cet événement, les deux frères reprirent tristement le chemin de la maison qu'ils habitaient à Paris.

– Que faire maintenant ? dit Tristan ; je croyais n'avoir, pour sortir d'embarras, qu'un mot à dire à un honnête homme, et il n'est plus. Pauvre garçon ! je m'en veux à moi-même de ce qu'un motif d'intérêt personnel se mêle au chagrin que me cause sa mort. C'était un brave et digne officier ; nous avions bivouaqué et trinqué ensemble. Ayez donc trente ans, une vie sans reproche, une bonne tête et un sabre au côté, pour aller vous faire assassiner par un Bédouin en embuscade ! Tout est fini, je ne songe plus à rien, je ne veux pas m'occuper d'un conte quand j'ai à pleurer un ami. Que toutes les marquises du monde disent ce qui leur plaira.

– Ton chagrin est juste, répondit Armand ; je le partage et je le respecte ; mais, tout en regrettant un ami et en méprisant une coquette, il ne faut pourtant rien oublier. Le monde est là, avec ses lois ; il ne voit ni ton dédain ni tes larmes ; il faut lui répondre dans sa langue, ou, tout au moins, l'obliger à se taire.

– Et que veux-tu que j'imagine ? Où veux-tu que je trouve un témoin, une preuve quelconque, un être ou une chose qui puisse parler pour moi ? Tu comprends bien que Saint-Aubin, lorsqu'il est venu me trouver pour s'expliquer en galant homme sur une aventure de grisette, n'avait pas amené avec lui tout son régiment. Les choses se sont passées en tête-à-tête ; si elles eussent dû devenir sérieuses, certes, alors, les témoins seraient là ; mais nous nous sommes donné une poignée de main, et nous avons déjeuné ensemble ; nous n'avions que faire d'inviter personne.

– Mais il n'est guère probable, reprit Armand, que cette sorte de querelle et de réconciliation soit demeurée tout à fait secrète. Quelques amis communs ont dû la connaître. Rappelle-toi, cherche dans les souvenirs.

– Et à quoi bon ? quand même, en cherchant bien, je pourrais retrouver quelqu'un qui se souvînt de cette vieille histoire, ne veux-tu pas que j'aille me faire donner par le premier venu une espèce d'attestation comme quoi je ne suis pas un poltron ? Avec Saint-Aubin, je pouvais agir sans crainte ; tout se demande à un ami. Mais quel rôle jouerais-je, à l'heure qu'il est, en allant dire à un de nos camarades : Vous rappelez-vous une petite fille, un bal, une querelle de l'an passé ? On se moquerait de moi, et on aurait raison.

– C'est vrai ; et cependant il est triste de laisser une femme, et une femme orgueilleuse, vindicative et offensée, tenir impunément de méchants propos.

– Oui, cela est triste plus qu'on ne peut le dire. À une insulte faite par un homme on répond par un coup d'épée. Contre toute espèce d'injure, publique ou non,… même imprimée, on peut se défendre ; mais quelle ressource a-t-on contre une calomnie sourde, répétée dans l'ombre, à voix basse, par une femme malfaisante qui veut vous nuire ? C'est là le triomphe de la lâcheté. C'est là qu'une pareille créature, dans toute la perfidie du mensonge, dans toute la sécurité de l'impudence, vous assassine à coups d'épingle ; c'est là qu'elle ment avec tout l'orgueil, toute la joie de la faiblesse qui se venge ; c'est là qu'elle glisse à loisir, dans l'oreille d'un sot qu'elle cajole, une infamie étudiée, revue et augmentée par l'auteur ; et cette infamie fait son chemin, cela se répète, se commente, et l'honneur, le bien du soldat, l'héritage des aïeux, le patrimoine des enfants, est mis en question pour une telle misère !

Tristan parut réfléchir pendant quelque temps, puis il ajouta d'un ton à demi sérieux, à demi plaisant :

– J'ai envie de me battre avec la Bretonnière.

– À propos de quoi ? dit Armand, qui ne put s'empêcher de rire. Que t'a fait ce pauvre diable dans tout cela ?

– Ce qu'il m'a fait, c'est qu'il est très possible qu'il soit au courant de mes affaires. Il est assez dans les initiés, et passablement curieux de sa nature ; je ne serais pas du tout surpris que la marquise le prît pour confident.

– Tu avoueras du moins que ce n'est pas sa faute si on lui raconte une histoire, et qu'il n'en est pas responsable.

– Bah ! et s'il s'en fait l'éditeur ? Cet homme-là, qui n'est qu'une mouche du coche, est plus jaloux cent fois de madame de Vernage que s'il était son mari ; et, en supposant qu'elle lui récite ce beau roman inventé sur mon compte, crois-tu qu'il s'amuse à en garder le secret ?

– À la bonne heure, mais encore faudrait-il être sûr d'abord qu'il en parle, et même, dans ce cas-là, je ne vois guère qu'il puisse être juste de chercher querelle à quelqu'un parce qu'il répète ce qu'il a entendu dire. Quelle gloire y aurait-il d'ailleurs à faire peur à la Bretonnière ? Il ne se battrait certainement pas, et, franchement, il serait dans son droit.

– Il se battrait. Ce garçon-là me gêne ; il est ennuyeux, il est de trop dans ce monde.

– En vérité, mon cher Tristan, tu parles comme un homme qui ne sait à qui s'en prendre. Ne dirait-on pas, à t'entendre, que tu cherches une affaire d'honneur pour rétablir ta réputation, ou que tu as besoin d'une balafre pour la montrer à ta maîtresse, comme un étudiant allemand ?

– Mais, aussi, c'est que je me trouve dans une situation vraiment intolérable. On m'accuse, on me déshonore, et je n'ai pas un moyen de me venger ! Si je croyais réellement…

Les deux jeunes gens passaient en cet instant sur le boulevard, devant la boutique d'un bijoutier. Tristan s'arrêta de nouveau, tout à coup, pour regarder un bracelet placé dans l'étalage.

– Voilà une chose étrange, dit-il.

– Qu'est-ce que c'est ? veux-tu te battre aussi avec la fille de comptoir ?

– Non pas, mais tu me conseillais de chercher dans mes souvenirs. En voici un qui se présente. Tu vois bien ce bracelet d'or qui, du reste, n'a rien de merveilleux : un serpent avec deux turquoises. Dans le moment de ma dispute avec Saint-Aubin, il venait de commander, chez ce même marchand, dans cette boutique, un bracelet comme celui-là, lequel bracelet était destiné à cette grisette dont il s'occupait, et qui avait failli nous brouiller ; lorsque, après notre querelle vidée, nous eûmes déjeuné ensemble : – Parbleu, me dit-il en riant, tu viens de m'enlever la reine de mes pensées à l'instant où je me disposais à lui faire un cadeau ; c'était un petit bracelet avec mon nom gravé en dedans ; mais, ma foi, elle ne l'aura pas. Si tu veux le lui donner, je te le cède ; puisque tu es le préféré, il faut que tu payes ta bienvenue. – Faisons mieux, répondis-je ; soyons de moitié dans l'envoi que tu comptais lui faire. – Tu as raison, reprit-il ; mon nom est déjà sur la plaque, il faut que le tien y soit gravé aussi, et, en signe de bonne amitié, nous y ferons ajouter la date. Ainsi fut dit, ainsi fut fait. La date et les deux noms, écrits sur le bracelet, furent envoyés à la demoiselle, et doivent actuellement exister quelque part en la possession de mademoiselle Javotte (c'est le nom de notre héroïne), à moins qu'elle ne l'ait vendu pour aller dîner.

– À merveille ! s'écria Armand ; cette preuve que tu cherchais est toute trouvée. Il faut maintenant que ce bracelet reparaisse. Il faut que la marquise voie les deux signatures, et le jour bien spécifié. Il faut que mademoiselle Javotte elle-même témoigne au besoin de la vérité et de l'identité de la chose. N'en est-ce pas assez pour prouver clairement que rien de sérieux n'a pu se passer entre Saint-Aubin et toi ? Certes, deux amis qui, pour se divertir, font un pareil cadeau à une femme qu'ils se disputent, ne sont pas bien en colère l'un contre l'autre, et il devient alors évident…

– Oui, tout cela est très bien, dit Tristan ; ta tête va plus vite que la mienne ; mais pour exécuter cette grande entreprise, ne vois-tu pas qu'avant de retrouver ce bracelet si précieux, il faudrait commencer par retrouver Javotte ? Malheureusement ces deux découvertes semblent également difficiles. Si, d'un côté, la jeune personne est sujette à perdre ses nippes, elle est capable, d'une autre part, de s'égarer fort elle-même. Chercher, après un an d'intervalle, une grisette perdue sur le pavé de Paris, et, dans le tiroir de cette grisette, un gage d'amour fabriqué en métal, cela me paraît au-dessus de la puissance humaine ; c'est un rêve impossible à réaliser.

– Pourquoi ? reprit Armand ; essayons toujours. Vois comme le hasard, de lui-même, te fournit l'indice qu'il te fallait ; tu avais oublié ce bracelet ; il te le met presque devant les yeux, ou du moins, il te le rappelle. Tu cherchais un témoin, le voilà, il est irrécusable ; ce bracelet dit tout, ton amitié pour Saint-Aubin, son estime pour toi, le peu de gravité de l'affaire. La Fortune est femme, mon cher ; quand elle fait des avances, il faut en profiter. Penses-y, tu n'as que ce moyen d'imposer silence à madame de Vernage ; mademoiselle Javotte et son serpentin bleu sont ta seule et unique ressource. Paris est grand, c'est vrai, mais nous avons du temps. Ne le perdons pas ; et d'abord, où demeurait jadis cette demoiselle ?

– À te dire vrai, je n'en sais plus rien ; c'était, je crois, dans un passage, une espèce de square, de cité.

– Entrons chez le bijoutier, et questionnons-le. Les marchands ont quelquefois une mémoire incroyable ; ils se souviennent des gens après des années, surtout de ceux qui ne les payent pas très bien.

Tristan se laissa conduire par son frère ; tous deux entrèrent dans la boutique. Ce n'était pas une chose facile que de rappeler au marchand un objet de peu de valeur acheté chez lui il y avait longtemps. Il ne l'avait pourtant pas oublié, à cause de la singularité des deux noms réunis.

– Je me souviens, en effet, dit-il, d'un petit bracelet que deux jeunes gens m'ont commandé l'hiver dernier, et je reconnais bien monsieur. Mais quant à savoir où ce bracelet a été porté, et à qui, je n'en peux rien dire.

– C'était à une demoiselle Javotte, dit Armand, qui devait demeurer dans un passage.

– Attendez, reprit le bijoutier. Il ouvrit son livre, le feuilleta, réfléchit, se consulta, et finit par dire : C'est cela même ; mais ce n'est point le nom de Javotte que je trouve sur mon livre. C'est le nom de madame de Monval, cité Bergère, 4.

– Vous avez raison dit Tristan, elle se faisait appeler ainsi ; ce nom de Monval m'était sorti de la tête ; peut-être avait-elle le droit de le porter, car son titre de Javotte n'était, je crois, qu'un sobriquet. Travaillez-vous encore quelquefois pour elle ; vous a-t-elle acheté autre chose ?

– Non, monsieur ; elle m'a vendu, au contraire, une chaîne d'argent cassée qu'elle avait.

– Mais point de bracelet ?

– Non, monsieur.

– Va pour Monval, dit Armand ; grand merci, monsieur. Et quant à nous, en route pour la cité Bergère.

– Je crois, dit Tristan en quittant le bijoutier, qu'il serait bon de prendre un fiacre. J'ai quelque peur que madame de Monval n'ait changé plusieurs fois de domicile, et que notre course ne soit longue.

Cette prévision était fondée. La portière de la cité Bergère apprit aux deux frères que madame de Monval avait déménagé depuis longtemps, qu'elle s'appelait à présent mademoiselle Durand, ouvrière en robes, et qu'elle demeurait rue Saint-Jacques.

– Est-elle à son aise ? a-t-elle de quoi vivre ? demanda Armand, poursuivi par la crainte du bracelet vendu.

– Oh ! oui, monsieur, elle fait beaucoup de dépense ; elle avait ici un logement complet, des meubles d'acajou et une batterie de cuisine. Elle voyait beaucoup de militaires, toutes personnes décorées et très comme il faut. Elle donnait quelquefois de très jolis dîners qu'on faisait venir du café Vachette. Tous ces messieurs étaient bien gais, et il y en avait un qui avait une bien belle voix ; il chantait comme un vrai artiste de l'Académie. Du reste, monsieur, il n'y a jamais eu rien à dire sur le compte de madame de Monval. Elle étudiait aussi pour être artiste ; c'était moi qui faisais son ménage, et elle ne sortait jamais qu'en citadine.

– Fort bien, dit Armand ; allons rue Saint-Jacques.

– Mademoiselle Durand ne loge plus ici, répondit la seconde portière ; il y a six mois qu'elle s'en est allée, et nous ne savons guère trop où elle est. Ce ne doit pas être dans un palais, car elle n'est pas partie en carrosse, et elle n'emportait pas grand'chose.

– Est-ce qu'elle menait une vie malheureuse ?

– Oh ! mon Dieu, une vie bien pauvre. Elle n'était guère à l'aise, cette demoiselle. Elle demeurait là au fond de l'allée, sur la cour, derrière la fruitière. Elle travaillait toute la sainte journée ; elle ne gagnait guère et elle avait bien du mal. Elle allait au marché le matin, et elle faisait sa soupe elle-même sur un petit fourneau qu'elle avait. On ne peut pas dire qu'elle manquait de soin, mais cela sentait toujours les choux dans sa chambre. Il y a une dame en deuil qui est venue, une de ses tantes, qui l'a emmenée ; nous croyons qu'elle s'est mise aux sœurs du Bon-Pasteur. La lingère du coin vous dira peut-être cela : c'était elle qui l'employait.

– Allons chez la lingère, dit Armand ; mais les choux sont de mauvais augure.

Le troisième renseignement recueilli sur Javotte ne fut pas d'abord plus satisfaisant que les deux premiers. Moyennant une petite somme que sa famille avait trouvé moyen de fournir, elle était entrée, en effet, au couvent des sœurs du Bon-Pasteur, et y avait passé environ trois mois. Comme sa conduite était bonne, la protection de quelques personnes charitables l'avait fait admettre par les sœurs, qui lui montraient beaucoup de bonté et qui n'avaient qu'à se louer de son obéissance. – Malheureusement, disait la lingère, cette pauvre enfant a une tête si vive qu'il ne lui est pas possible de rester en place. C'était une grande faveur pour elle que d'avoir été reçue comme pensionnaire par les religieuses. Tout le monde disait du bien d'elle, et elle remplissait régulièrement ses devoirs de religion, en même temps qu'elle travaillait très bien, car c'est une bonne ouvrière. Mais tout d'un coup sa tête est partie ; elle a demandé à s'en aller. Vous comprenez, monsieur, que dans ce temps-ci un couvent n'est pas une prison ; on lui a ouvert les portes, et elle s'est envolée.

– Et vous ignorez ce qu'elle est devenue ?

– Pas tout à fait, répondit en riant la lingère. Il y a une de mes demoiselles qui l'a rencontrée au Ranelagh. Elle se fait appeler maintenant Amélina Rosenval. Je crois qu'elle demeure rue de Bréda, et qu'elle est figurante aux Folies-Dramatiques.

Tristan commençait à se décourager. – Laissons tout cela, dit-il à son frère. À la tournure que prennent les choses, nous n'en aurons jamais fini. Qui sait si mademoiselle Durand, madame de Monval, madame Rosenval, n'est pas en Chine ou à Quimper-Corentin ?

– Il faut y aller voir, disait toujours Armand. Nous avons trop fait pour nous arrêter. Qui te dit que nous ne sommes pas sur le point de découvrir notre voyageuse ? Ouvrière ou artiste, nonne ou figurante, je la trouverai. Ne faisons pas comme cet homme qui avait parié de traverser pieds nus un bassin gelé au mois de janvier, et qui, arrivé à moitié chemin, trouva que c'était trop froid et revint sur ses pas.

Armand avait raison cette fois. Madame Rosenval en personne fut découverte rue de Bréda ; mais il ne s'agissait plus, à cette nouvelle adresse, du couvent, ni des choux, ni du Ranelagh. De figurante qu'elle était naguère, madame Rosenval était devenue tout à coup, par la grâce du hasard et d'un ancien préfet, personnage important et protecteur des arts, prima donna d'un théâtre de province. Elle habitait depuis quelque temps une assez grande ville du midi de la France, où son talent, nouvellement découvert, mais généreusement encouragé, faisait les délices des connaisseurs du lieu et l'admiration de la garnison. Elle se trouvait à Paris en passant, pour contracter, si faire se pouvait, un engagement dans la capitale. On dit aux deux jeunes gens, il est vrai, qu'on ne savait pas s'ils pourraient être reçus ; mais ils furent introduits par une femme de chambre dans un appartement assez riche, d'un goût peu sévère, orné de statuettes, de glaces et de cartons-pâtes, à peu près comme un café. La maîtresse du lieu était à sa toilette ; elle fit dire qu'on attendît, et qu'elle allait recevoir M. de Berville.

– À présent, je te laisse, dit Armand à son frère ; tu vois que nous sommes venus à bout de notre campagne. C'est à toi de faire le reste ; décide madame Rosenval à te rendre ton bracelet ; qu'elle l'accompagne d'un mot de sa main qui donne plus de poids à cette restitution ; reviens armé de cette preuve authentique, et moquons-nous de la marquise.

Armand sortit sur ces paroles, et Tristan resta seul à se promener dans le somptueux salon de Javotte. Il y était depuis un quart d'heure, lorsque la porte de la chambre à coucher s'ouvrit. Un gros et grand monsieur, à la démarche grave, à la tête grisonnante, portant des lunettes, une chaîne, un binocle et des breloques de montre, le tout en or, s'avança d'un air affable et majestueux. – Monsieur, dit-il à Tristan, j'apprends que vous êtes le parent de madame Rosenval. Si vous voulez prendre la peine d'entrer, elle vous attend dans son cabinet.

Il fit un léger salut et se retira.

– Peste ! se dit Tristan, il paraît que Javotte voit à présent meilleure compagnie que dans l'allée de la rue Saint-Jacques.

Soulevant une portière de soie chamarrée, que lui avait indiquée le monsieur aux lunettes d'or, il pénétra dans un boudoir tendu en mousseline rose, où madame Rosenval, étendue sur un canapé, le reçut d'un air nonchalant. Comme on ne retrouve jamais sans plaisir une femme qu'on a aimée, fût-ce Amélina, fût-ce même Javotte, surtout lorsque l'on s'est donné tant de peine pour la chercher, Tristan baisa avec empressement la main fort blanche de son ancienne conquête, puis il prit place à côté d'elle, et débuta, comme cela se devait, par lui faire ses compliments sur ce qu'elle était embellie, qu'il la revoyait plus charmante que jamais, etc… (toutes choses qu'on dit à toute femme qu'on retrouve, fût-elle devenue plus laide qu'un péché mortel).

– Permettez-moi, ma chère, ajouta-t-il, de vous féliciter sur l'heureux changement qui me semble s'être opéré dans vos petites affaires. Vous êtes logée ici comme un grand seigneur.

– Vous serez donc toujours un mauvais plaisant, monsieur de Berville ? répondit Javotte ; tout cela est fort simple ; ce n'est qu'un pied-à-terre ; mais je me fais arranger quelque chose là-bas, car vous savez que je perche au diable.

– Oui, j'ai appris que vous étiez au théâtre.

– Mon Dieu, oui, je me suis décidée. Vous savez que la grande musique, la musique sérieuse, a été l'occupation de toute ma vie. M. le baron, que vous venez de voir, je suppose, sortant d'ici, et qui est un de mes bons amis, m'a persécutée pour prendre un engagement. Que voulez-vous ! je me suis laissé faire. Nous jouons toutes sortes de choses, le drame, le vaudeville, l'opéra.

– On m'a dit cela, reprit Tristan ; mais j'ai à vous parler d'une affaire assez sérieuse, et, comme votre temps doit être précieux, trouvez bon que je me hâte de profiter de l'occasion que j'ai de vous faire mes confidences. Vous souvenez-vous d'un certain bracelet ?...

Tout en parlant, Tristan, par distraction, jeta les yeux sur la cheminée ; la première chose qu'il y remarqua fut la carte de visite de la Bretonnière, accrochée à la glace.

– Est-ce que vous connaissez ce personnage-là ? demanda-t-il avec surprise.

– Oui ; c'est un ami du baron ; je le vois de temps en temps, et je crois même qu'il dîne à la maison aujourd'hui. Mais, de grâce, continuez donc, je vous en prie, et je vous écoute.

IV

Il y aurait peut-être pour le philosophe ou pour le psychologue, comme on dit, une curieuse étude à faire sur le chapitre des distractions. Supposez un homme qui est en train de parler des choses qui le touchent le plus à la personne dont il aie plus à craindre ou à espérer, à un avocat, à une femme ou à un ministre. Quel degré d'influence exercera sur lui une épingle qui le pique au milieu de son discours, une boutonnière qui se déchire, un voisin qui se met à jouer de la flûte ? Que fera un acteur, récitant une tirade, et apercevant tout à coup un de ses créanciers dans la salle ? Jusqu'à quel point, enfin, peut-on parler d'une chose, et en même temps penser à une autre ?

Tristan se trouvait à peu près dans une situation de ce genre. D'une part, comme il l'avait dit, le temps pressait ; le monsieur à lunettes d'or pouvait reparaître à tout moment. D'ailleurs, dans l'oreille d'une femme qui vous écoute, il y a une mouche qu'il faut prendre au vol ; dès qu'il n'est plus trop tôt avec elle, presque toujours il est trop tard. Tristan attachait assez de prix à ce qu'il venait demander à Javotte pour y employer toute son éloquence. Plus la démarche qu'il faisait pouvait sembler bizarre et extraordinaire, plus il sentait la nécessité de la terminer promptement. Mais, d'une autre part, il avait devant les yeux la carte de la Bretonnière, ses regards ne pouvaient s'en détacher ; et, tout en poursuivant l'objet de sa visite, il se répétait à lui-même : – Je retrouverai donc cet homme-là partout ?

– Enfin, que voulez-vous ? dit Javotte. Vous êtes distrait comme un poète en couches.

Il va sans dire que Tristan ne voulait point parler de son motif secret, ni prononcer le nom de la marquise.

– Je ne puis rien vous expliquer, répondit-il. Je ne puis que vous dire une seule chose, c'est que vous m'obligeriez infiniment en me rendant le bracelet que Saint-Aubin et moi nous vous avons donné, s'il est encore en votre possession.

– Mais qu'est-ce que vous voulez en faire ?

– Rien qui puisse vous inquiéter, je vous en donne ma parole.

– Je vous crois, Berville, vous êtes homme d'honneur. Le diable m'emporte, je vous crois.

(Madame Rosenval, dans ses nouvelles grandeurs, avait conservé quelques expressions qui sentaient encore un peu les choux.)

– Je suis enchanté, dit Tristan, que vous ayez de moi un si bon souvenir ; vous n'oubliez pas vos amis.

– Oublier mes amis ! jamais. Vous m'avez vue dans le monde quand j'étais sans le sou, je me plais à le reconnaître. J'avais deux paires de bas à jour qui se succédaient l'une à l'autre, et je mangeais la soupe dans une cuillère de bois. Maintenant je dîne dans de l'argent massif, avec un laquais par derrière et plusieurs dindons par devant ; mais mon cœur est toujours le même. Savez-vous que dans notre jeune temps nous nous amusions pour de bon ? À présent, je m'ennuie comme un roi… Vous souvenez-vous d'un jour,… à Montmorency ?… Non, ce n'était pas vous, je me trompe ; mais c'est égal, c'était charmant. Ah ! les bonnes cerises ! et ces côtelettes de veau que nous avons mangées chez le père Duval, au Château de la Chasse, pendant que le vieux coq, ce pauvre Coco, picorait du pain sur la table ! Il y a eu pourtant deux Anglais assez bêtes pour faire boire de l'eau-de-vie à ce pauvre animal, et il en est mort. Avez-vous su cela ?

Lorsque Javotte parlait ainsi à peu près naturellement, c'était avec une volubilité extrême ; mais quand ses grands airs la reprenaient, elle se mettait tout à coup à traîner ses phrases avec un air de rêverie et de distraction.

– Oui, vraiment, continua-t-elle d'une voix de duchesse enrhumée, je me souviens toujours avec plaisir de tout ce qui se rattache au passé.

– C'est à merveille, ma chère Amélina ; mais, répondez, de grâce, à mes questions. Avez-vous conservé ce bracelet ?

– Quel bracelet, Berville ? qu'est-ce que vous voulez dire ?

– Ce bracelet que je vous redemande, et que Saint-Aubin et moi nous vous avions donné ?

– Fi donc ! redemander un cadeau ! c'est bien peu gentilhomme, mon cher.

– Il ne s'agit point ici de gentilhommerie. Je vous l'ai dit, il s'agit d'un service fort important que vous pouvez me rendre. Réfléchissez, je vous en conjure, et répondez-moi sérieusement. Si ce n'est que le bracelet qui vous tient au cœur, je m'engage bien volontiers à vous en mettre un autre à chaque bras, en échange de celui dont j'ai besoin.

– C'est fort galant de votre part.

– Non, ce n'est pas galant, c'est tout simple. Je ne vous parle ici que dans mon intérêt.

– Mais d'abord, dit Javotte en se levant et en jouant de l'éventail, il faudrait savoir, comme je vous disais, ce que vous en feriez, de ce bracelet. Je ne peux pas me fier à un homme qui n'a pas lui-même confiance en moi. Voyons, contez-moi un peu vos affaires. Il y a quelque femme, quelque tricherie là-dessous. Tenez, je parierais que c'est quelque ancienne maîtresse à vous ou à Saint-Aubin, qui veut me dépouiller de mes ustensiles de ménage. Il y a quelque brouille, quelque jalousie, quelque mauvais propos ; allons, parlez donc.

– S'il faut absolument vous dire mon motif, répondit Tristan, voulant se débarrasser de ces questions, la vérité est que Saint-Aubin est mort ; nous étions fort liés, vous le savez, et je désirerais garder ce bracelet où nos deux noms sont écrits ensemble.

– Bah ! quelle histoire vous me fabriquez là ! Saint-Aubin est mort ? Depuis quand ?

– Il est mort en Afrique, il y a peu de temps.

– Vrai ? Pauvre garçon ! je l'aimais bien aussi. C'était un gentil cœur, et je me souviens que dans le temps il m'appelait sa beauté rose. – Voilà ma beauté rose, disait-il. Je trouve ce nom-là très-joli. Vous rappelez-vous comme il était drôle un jour que nous étions à Ermenonville, et que nous avions tout cassé dans l'auberge ? Il ne restait seulement plus une assiette. Nous avions jeté les chaises par les fenêtres à travers les carreaux, et le matin, tout justement, voilà qu'il arrive une grande longue famille de bons provinciaux qui venaient visiter la nature. Il ne se trouvait plus une tasse pour leur servir leur café au lait.

– Tête de folle ! dit Tristan ; ne pouvez-vous, une fois par hasard, faire attention à ce qu'on vous dit ? Avez-vous mon bracelet, oui ou non ?

– Je n'en sais rien du tout, et je n'aime pas les propositions faites à bout portant.

– Mais vous avez, je le suppose, un coffre, un tiroir, un endroit quelconque à mettre vos bijoux ? Ouvrez-moi ce tiroir ou ce coffre ; je ne vous en demande pas davantage.

Javotte sembla un peu réfléchir, se rassit près de Tristan, et lui prit la main :

– Ecoutez, dit-elle, vous concevez que, si ce bracelet vous est nécessaire, je ne tiens pas à une pareille misère. J'ai de l'amitié pour vous, Berville ; il n'y a rien que je ne fisse pour vous obliger. Mais vous comprenez bien aussi que ma position m'impose des devoirs. Il est possible que, d'un jour à l'autre, j'entre à l'Opéra, dans les chœurs. Monsieur le baron m'a promis d'y employer toute son influence. Un ancien préfet, comme lui, a de l'empire sur les ministres, et M. de la Bretonnière, de son côté…

– La Bretonnière ! s'écria Tristan impatienté ; et que diantre fait-il ici ? Apparemment qu'il trouve moyen d'être en même temps à Paris et à la campagne. Il ne nous quitte pas là-bas, et je le retrouve chez vous !

– Je vous dis que c'est un ami du baron. C'est un homme fort distingué que M. de la Bretonnière. Il est vrai qu'il a une campagne près de la vôtre, et qu'il va souvent chez une personne que vous connaissez probablement, une marquise, une comtesse, je ne sais plus son nom.

– Est-ce qu'il vous parle d'elle ? Qu'est-ce que cela veut dire ?

– Certainement, il nous parle d'elle. Il la voit tous les jours, pas vrai ? Il a son couvert à sa table ; elle s'appelle Vernage, ou quelque chose comme ça ; on sait ce que c'est, entre nous soit dit, que les voisins et les voisines… Eh bien ! qu'est-ce que vous avez donc ?

– Peste soit du fat ! dit Tristan, prenant la carte de la Bretonnière et la froissant entre ses doigts. Il faut que je lui dise son fait un de ces jours.

– Oh ! oh ! Berville, vous prenez feu, mon cher. La Vernage vous touche, je le vois. Eh bien ! tenez, faisons l'échange. Votre confidence pour mon bracelet.

– Vous l'avez donc, ce bracelet ?

– Vous l'aimez donc, cette marquise ?

– Ne plaisantons pas. L'avez-vous ?

– Non pas, je ne dis pas cela. Je vous répète que ma position…

– Belle position ! Vous moquez-vous des gens ? Quand vous iriez à l'Opéra, et quand vous seriez figurante à vingt sous par jour…

– Figurante ! s'écria Javotte en colère. Pour qui me prenez-vous, s'il vous plaît ? Je chanterai dans les chœurs, savez-vous !

– Pas plus que moi ; on vous prêtera un maillot et une toque, et vous irez en procession derrière la princesse Isabelle ; ou bien on vous donnera le dimanche une petite gratification pour vous enlever au bout d'une poulie dans le ballet de la Sylphide. Qu'est-ce que vous entendez avec votre position ?

– J'entends et je prétends que, pour rien au monde, je ne voudrais que monsieur le baron pût voir mon nom mêlé à une mauvaise affaire. Vous voyez bien que, pour vous recevoir, j'ai dit que vous étiez mon parent. Je ne sais pas ce que vous ferez de ce bracelet, moi, et il ne vous plaît pas de me le dire. Monsieur le baron ne m'a jamais connue que sous le nom de madame de Rosenval ; c'est le nom d'une terre que mon père a vendue. J'ai des maîtres, mon cher, j'étudie, et je ne veux rien faire qui compromette mon avenir.

Plus l'entretien se prolongeait, plus Tristan souffrait de la résistance et de l'étrange légèreté de Javotte. Évidemment le bracelet était là, dans cette chambre peut-être ; mais où le trouver ? Tristan se sentait par moments l'envie de faire comme les voleurs, et d'employer la menace pour parvenir à son but. Un peu de douceur et de patience lui semblait pourtant préférable.

– Ma brave Javotte, dit-il, ne nous fâchons pas. Je crois fermement à tout ce que vous me dites. Je ne veux non plus, en aucune façon, vous compromettre ; chantez à l'Opéra tant que vous voudrez, dansez même, si bon vous semble. Mon intention n'est nullement…

– Danser ! moi qui ai joué Célimène ! oui, mon petit, j'ai joué Célimène à Belleville, avant de partir pour la province ; et mon directeur, M. Poupinel, qui a assisté à la représentation, m'a engagée tout de suite pour les troisièmes Dugazon. J'ai été ensuite seconde grande première coquette, premier rôle marqué, et forte première chanteuse ; et c'est Brochard lui-même, qui est ténor léger, qui m'a fait résilier, et Gustave, qui est laruette, a voyagé avec moi en Auvergne. Nous faisions quatre ou cinq cents francs avec la Tour de Nesle, et Adolphe et Clara ; nous ne jouions que ces deux pièces-là partout. Si vous croyez que je vais danser !

– Ne nous fâchons pas, ma belle, je vous en conjure.

– Savez-vous que j'ai joué avec Frédérick ? Oui, j'ai joué avec Frédérick, en province, au bénéfice d'un homme de lettres. Il est vrai que je n'avais pas un grand rôle ; je faisais un page dans Lucrèce Borgia, mais toujours j'ai joué avec Frédérick.

– Je n'en doute pas, vous ne danserez point ; je vous supplie de m'excuser ; mais, ma chère, le temps se passe, et vous répondez à beaucoup de choses, excepté à ce que je vous demande. Finissons-en, s'il est possible. Dites-moi : voulez-vous me permettre d'aller à l'instant même chez Fossin, d'y prendre un bracelet, une chaîne, une bague, ce qui vous amusera, ce qui pourra vous plaire, de vous l'envoyer ou de vous le rapporter, selon votre fantaisie ; en échange de quoi vous me renverrez ou vous me rendrez à moi-même cette bagatelle que je vous demande, et à laquelle vous ne tenez pas sans doute ?

– Qui sait ? dit Javotte d'un ton radouci ; nous autres, nous tenons à peu de chose ; et je suis comme cela, j'aime mes effets.

– Mais ce bracelet ne vaut pas dix louis, et apparemment, ce n'est pas ce qu'il y a d'écrit dessus qui vous le rend précieux ?

La vanité masculine, d'une part, et la coquetterie féminine, d'une autre, sont deux choses si naturelles et qui retrouvent toujours si bien leur compte, que Tristan n'avait pu s'empêcher de se rapprocher de Javotte en faisant cette question. Il avait entouré doucement de son bras la jolie taille de son ancienne amie, et Javotte, la tête penchée sur son éventail, souriait en soupirant tout bas, tandis que la moustache du jeune hussard effleurait déjà ses cheveux blonds ; le souvenir du passé et l'idée d'un bracelet neuf lui faisaient palpiter le cœur.

– Parlez, Tristan, dit-elle, soyez tout à fait franc. Je suis bonne fille ; n'ayez pas peur. Dites-moi où ira mon serpentin bleu.

– Eh bien ! mon enfant, répondit le jeune homme, je vais tout vous avouer : je suis amoureux.

– Est-elle belle ?

– Vous êtes plus jolie ; elle est jalouse, elle veut ce bracelet ; il lui est revenu, je ne sais comment, que je vous ai aimée…

– Menteur !

– Non, c'est la vérité ; vous étiez, ma chère, vous êtes encore si parfaitement gentille, fraîche et coquette, une petite fleur ; vos dents ont l'air de perles tombées dans une rose ; vos yeux, votre pied…

– Eh bien ! dit Javotte, soupirant toujours.

– Eh bien ! reprit Tristan, et notre bracelet ?

Javotte se préparait peut-être à répondre de sa voix la plus tendre : Eh bien ! mon ami, allez chez Fossin, lorsqu'elle s'écria tout à coup :

– Prenez garde, vous m'égratignez !

La carte de visite de la Bretonnière était encore dans la main de Tristan, et le coin du carton corné avait, en effet, touché l'épaule de madame Rosenval. Au même instant on frappa doucement à la porte ; la tapisserie se souleva, et la Bretonnière lui-même entra dans la chambre.

— Pardieu ! monsieur, s'écria Tristan, ne pouvant contenir un mouvement de dépit, vous arrivez comme mars en carême.

— Comme mars en toute saison, dit la Bretonnière, enchanté de son calembour.

— On pourrait voir cela, reprit Tristan.

— Quand il vous plaira, dit la Bretonnière.

— Demain vous aurez de mes nouvelles.

Tristan se leva, prit Javotte à part : — Je compte sur vous, n'est-ce pas ? lui dit-il à voix basse ; dans une heure, j'enverrai ici.

Puis il sortit, sans plus de façon, en répétant encore : À demain !

— Que veut dire cela ? demanda Javotte.

— Ma foi, je n'en sais rien, dit la Bretonnière.

V

Armand, comme on le pense bien, avait attendu impatiemment le retour de son frère, afin d'apprendre le résultat de l'entretien avec Javotte. Tristan rentra chez lui tout joyeux.

— Victoire ! mon cher, s'écria-t-il ; nous avons gagné la bataille, et mieux encore, car nous aurons demain tous les plaisirs du monde à la fois.

– Bah ! dit Armand ; qu'y a-t-il donc ? tu as un air de gaieté qui fait plaisir à voir.

– Ce n'est pas sans raison ni sans peine. Javotte a hésité ; elle a bavardé ; elle m'a fait des discours à dormir debout ; mais enfin elle cédera, j'en suis certain ; je compte sur elle. Ce soir, nous aurons mon bracelet, et demain matin, pour nous distraire, nous nous battrons avec la Bretonnière.

– Encore ce pauvre homme ! Tu lui en veux donc beaucoup ?

– Non, en vérité, je n'ai plus de rancune contre lui. Je l'ai rencontré, je l'ai envoyé promener, je lui donnerai un coup d'épée, et je lui pardonne.

– Où l'as-tu donc vu ? chez ta belle ?

– Eh, mon Dieu ! oui ; ne faut-il pas que ce monsieur-là se fourre partout ?

– Et comment la querelle est-elle venue ?

– Il n'y a pas de querelle ; deux mots, te dis-je, une misère ; nous en causerons. Commençons maintenant par aller chez Fossin acheter quelque chose pour Javotte, avec qui je suis convenu d'un échange ; car on ne donne rien pour rien quand on s'appelle Javotte, et même sans cela.

– Allons, dit Armand, je suis ravi comme toi que tu sois parvenu à ton but et que tu aies de quoi confondre ta marquise. Mais, chemin faisant, mon cher ami, réfléchissons, je t'en prie, sur la seconde partie de ta vengeance projetée. Elle me semble plus qu'étrange.

– Trêve de mots, dit Tristan, c'est un point résolu. Que j'aie tort ou raison, n'importe : nous pouvions ce matin discuter là-dessus ; à présent le vin est tiré, il faut le boire.

– Je ne me lasserai pas, reprit Armand, de te répéter que je ne conçois pas comment un homme comme toi, un militaire, reconnu pour brave, peut trouver du plaisir à ces duels sans motif, ces affaires d'enfant, ces bravades d'écolier, qui ont peut-être été à la mode, mais dont tout le monde se moque aujourd'hui. Les querelles de parti, les duels de cocarde peuvent se comprendre dans les crises politiques. Il peut sembler plaisant à un républicain de ferrailler avec un royaliste, uniquement parce qu'ils se rencontrent : les passions sont en jeu, et tout peut s'excuser. Mais je ne te conseille pas ici, je te blâme. Si ton projet est sérieux, je n'hésite pas à te dire qu'en pareil cas je refuserais de servir de témoin à mon meilleur ami.

– Je ne te demande pas de m'en servir, mais de te taire ; allons chez Fossin.

– Allons où tu voudras, je n'en démordrai pas. Prendre en grippe un homme importun, cela arrive à tout le monde : le fuir ou s'en railler, passe encore ; mais vouloir le tuer, c'est horrible.

– Je te dis que je ne le tuerai pas ; je te le promets, je m'y engage. Un petit coup d'épée, voilà tout. Je veux mettre en écharpe le bras du cavalier servant de la marquise, en même temps que je lui offrirai humblement, à elle, le bracelet de ma grisette.

– Songe donc que cela est inutile. Si tu te bats pour laver ton honneur, qu'as-tu à faire du bracelet ? Si le bracelet te suffit, qu'as-tu à faire de cette querelle ? M'aimes-tu un peu ? cela ne sera pas.

– Je t'aime beaucoup, mais cela sera.

En parlant ainsi, les deux frères arrivèrent chez Fossin. Tristan, ne voulant pas que Javotte pût se repentir de son marché, choisit pour elle une jolie châtelaine qu'il fit envelopper avec soin, ayant dessein de la porter lui-même et d'attendre la réponse, s'il n'était pas reçu. Armand, ayant autre chose en tête et voyant son frère plus joyeux encore à l'idée de revenir promptement avec le bracelet en question, ne lui proposa pas de l'accompagner. Il fut convenu qu'ils se retrouveraient le soir.

Au moment où ils allaient se séparer, la roue d'une calèche découverte, courant avec un assez grand fracas, rasa le trottoir de la rue Richelieu. Une livrée bizarre, qui attirait les yeux, fit retourner les passants. Dans cette voiture était madame de Vernage, seule, nonchalamment étendue. Elle aperçut les deux jeunes gens, et les salua d'un petit signe de tête, avec une indolence protectrice.

– Ah ! dit Tristan, pâlissant malgré lui, il paraît que l'ennemi est venu observer la place. Elle a renoncé à sa fameuse chasse, cette belle dame, pour faire un tour aux Champs-Élysées et respirer la poussière de Paris. Qu'elle aille en paix ! elle arrive à point. Je suis vraiment flatté de la voir ici. Si j'étais un fat, je croirais qu'elle vient savoir de mes nouvelles. Mais point du tout ; regarde avec quel laisser-aller aristocratique, supérieur même à celui de Javotte, elle a daigné nous remarquer. Gageons qu'elle ne sait ce qu'elle vient faire ; ces femmes-là cherchent le danger, comme les papillons la lumière. Que son sommeil de ce soir lui soit léger ! Je me présenterai demain à son petit lever, et nous en aurons des nouvelles. Je me fais une véritable fête de vaincre un tel orgueil avec de telles armes. Si elle savait que j'ai là, dans mes mains, un petit cadeau pour une petite fille, moyennant quoi je suis en droit de lui dire : Vos belles lèvres en ont menti et vos baisers sentent la calomnie ; que dirait-elle ? Elle serait peut-être moins superbe, non pas moins belle… Adieu, mon cher, à ce soir.

Si Armand n'avait pas plus longuement insisté pour dissuader son frère de se battre, ce n'était pas qu'il crût impossible de l'en empêcher ; mais il le savait trop violent, surtout dans un moment pareil, pour essayer de le convaincre par la raison ; il aimait mieux prendre un autre moyen. La Bretonnière, qu'il connaissait de longue main, lui paraissait avoir un caractère plus calme et plus facile à aborder : il l'avait vu chasser prudemment.

Il alla le trouver sur-le-champ, résolu à voir si de ce côté il n'y aurait pas plus de chances de réconciliation. La Bretonnière était seul, dans sa chambre, entouré de liasses de papiers, comme un homme qui met ses affaires en ordre. Armand lui exprima tout le regret qu'il éprouvait de voir qu'un mot (qu'il ignorait du reste, disait-il) pouvait amener deux gens de cœur à aller sur le terrain, et de là en prison.

– Qu'avez-vous donc fait à mon frère ? lui demanda-t-il.

– Ma foi, je n'en sais rien, dit la Bretonnière, se levant et s'asseyant tour à tour d'un air un peu embarrassé, tout en conservant sa gravité ordinaire : votre frère, depuis longtemps, me semble mal disposé à mon égard ; mais, s'il faut vous parler franchement, je vous avoue que j'ignore absolument pourquoi.

– N'y a-t-il pas entre vous quelque rivalité ? Ne faites-vous pas la cour à quelque femme ?...

– Non, en vérité, pour ce qui me regarde, je ne fais la cour à personne, et je ne vois aucun motif raisonnable qui ait fait franchir ainsi à votre frère les bornes de la politesse.

– Ne vous êtes-vous jamais disputés ensemble ?

– Jamais, une seule fois exceptée, c'était du temps du choléra : M. de Berville, en causant au dessert, soutint qu'une maladie contagieuse était toujours épidémique, et il prétendait baser sur ce faux principe la différence qu'on a établie entre le mot épidémique et le mot endémique. Je ne pouvais, vous le sentez, être de son avis, et je lui démontrai fort bien qu'une maladie épidémique pouvait devenir fort dangereuse sans se communiquer par le contact. Nous mîmes à cette discussion un peu trop de chaleur, j'en conviens...

– Est-ce là tout ?

– Autant que je me le rappelle. Peut-être cependant a-t-il été blessé, il y a quelque temps, de ce que j'ai cédé à l'un de mes parents deux bassets dont il avait envie. Mais que voulez-vous que j'y fasse ? Ce parent vient me voir par hasard ; je lui montre mes chiens, il trouve ces bassets…

– Si ce n'est que cela encore, il n'y a pas de quoi s'arracher les yeux.

– Non, à mon sens, je le confesse ; aussi vous dis-je, en toute conscience, que je ne comprends exactement rien à la provocation qu'il vient de m'adresser.

– Mais si vous ne faites la cour à personne, il est peut-être amoureux, lui, de cette marquise chez laquelle nous allons chasser ?

– Cela se peut, mais je ne le crois pas… Je n'ai point souvenance d'avoir jamais remarqué que la marquise de Vernage pût souffrir ou encourager des assiduités condamnables.

– Qu'est-ce qui vous parle de rien de condamnable ? Est-ce qu'il y a du mal à être amoureux ?

– Je ne discute pas cette question ; je me borne à vous dire que je ne le suis point, et que je ne saurais, par conséquent, être le rival de personne.

– En ce cas, vous ne vous battrez pas ?

– Je vous demande pardon ; je suis provoqué de la manière la plus positive. Il m'a dit, lorsque je suis entré, que j'arrivais comme mars en carême. De tels discours ne se tolèrent pas ; il me faut une réparation.

– Vous vous couperez la gorge pour un mot ?

– Les conjonctures sont fort graves. Je n'entre point dans les raisons qui ont amené ce défi ; je m'en étonne parce qu'il me semble étrange, mais je ne puis faire autrement que de l'accepter.

– Un duel pareil est-il possible ? Vous n'êtes pourtant pas fou, ni Berville non plus. Voyons, la Bretonnière, raisonnons. Croyez-vous que cela m'amuse de vous voir faire une étourderie semblable ?

– Je ne suis point un homme faible, mais je ne suis pas non plus un homme sanguinaire. Si votre frère me propose des excuses, pourvu qu'elles soient bonnes et valables, je suis prêt à les recevoir. Sinon, voici mon testament que je suis en train d'écrire, comme cela se doit.

– Qu'entendez vous par des excuses valables ?

– J'entends... cela se comprend.

– Mais encore ?

– De bonnes excuses.

– Mais enfin, à peu près, parlez.

– Eh bien ! Il m'a dit que j'arrivais comme mars en carême, et je crois lui avoir dignement répondu. Il faut qu'il rétracte ce mot, et qu'il me dise, devant témoins, que j'arrivais tout simplement comme M. de la Bretonnière.

– Je crois que, s'il est raisonnable, il ne peut vous refuser cela.

Armand sortit de cette conférence non pas entièrement satisfait, mais moins inquiet qu'il n'était venu. C'était au boulevard de Gand, entre onze heures et minuit, qu'il avait rendez-vous avec son frère. Il le trouva, marchant à grands pas d'un air agité, et il s'apprêtait à négocier son accommodement dans les termes voulus par la Bretonnière, lorsque Tristan lui prit le bras en s'écriant :

– Tout est manqué ! Javotte se joue de moi, je n'ai pas mon bracelet.

– Pourquoi ?

– Pourquoi ? que sais-je ? une idée d'hirondelle. Je suis allé chez elle tout droit ; on me répond qu'elle est sortie. Je m'assure qu'en effet elle n'y est pas, et je demande si elle n'a rien laissé pour moi ; la chambrière me regarde avec étonnement. À force de questions, j'apprends que madame Rosenval a dîné avec son baron à lunettes et une autre personne, sans doute ce damné la Bretonnière ; qu'ils se sont séparés ensuite, la Bretonnière pour rentrer chez lui, Javotte et le baron pour aller au spectacle, non pas dans la salle, mais sur le théâtre ; et je ne sais quoi encore d'incompréhensible ; le tout mêlé de verbiages de servante : – Madame avait reçu une bonne nouvelle ; madame paraissait très contente ; elle était pressée, on n'avait pas eu le temps de manger le dessert, mais on avait envoyé chercher à la cave du vin de Champagne. Cependant je tire de ma poche la petite boîte de Fossin, que je remets à la chambrière, en la priant de donner cela ce soir à sa maîtresse, et en confidence. Sans chercher à comprendre ce que je ne peux savoir, je joins à mon cadeau un billet écrit à la hâte. Là-dessus, je rentre, je compte les minutes, et la réponse n'arrive pas. Voilà où en sont les choses. Maintenant que cette fille a je ne sais quoi en tête, s'en détournera-t-elle pour m'obliger ? Quel vent a soufflé sur cette girouette ?

– Mais, dit Armand, le spectacle a fini tard ; il lui faut bien, à cette girouette, le temps nécessaire pour lire et répondre, chercher ce bracelet et l'envoyer. Nous le trouverons chez toi tout à l'heure. Songe donc que Javotte ne peut décemment accepter ton cadeau qu'à titre d'échange. Quant à ton duel, n'y songe plus.

– Eh, mon Dieu ! je n'y songe pas ; j'y vais.

– Fou que tu es ! et notre mère ?

Tristan baissa la tête sans répondre, et les deux frères rentrèrent chez eux.

Javotte n'était pourtant pas aussi méchante qu'on pourrait le croire. Elle avait passé la journée dans une perplexité singulière. Ce bracelet redemandé, cette insistance, ce duel projeté, tout cela lui semblait autant de rêveries incompréhensibles ; elle cherchait ce qu'elle avait à faire, et sentait que le plus sage eût été de demeurer indifférente à des événements qui ne la regardaient pas. Mais si madame Rosenval avait toute la fierté d'une reine de théâtre, Javotte, au fond, avait bon cœur. Berville était jeune et aimable ; le nom de cette marquise mêlé à tout cela, ce mystère, ces demi confidences, plaisaient à l'imagination de la grisette parvenue.

– S'il était vrai qu'il m'aime encore un peu, pensait-elle, et qu'une marquise fût jalouse de moi, y aurait-il grand risque à donner ce bracelet ? Ni le baron ni d'autres ne s'en douteraient ; je ne le porte jamais ; pourquoi ne pas rendre service, si cela ne fait de mal à personne ?

Tout en réfléchissant, elle avait ouvert un petit secrétaire dont la clef était suspendue à son cou. Là étaient entassés, pêle-mêle, tous les joyaux de sa couronne : un diadème en clinquant pour la Tour de Nesle, des colliers en strass, des émeraudes en verre qui avaient besoin des quinquets pour briller d'un éclat douteux ; du milieu de ce trésor, elle tira le bracelet de Tristan et considéra attentivement les deux noms gravés sur la plaque.

– Il est joli, ce serpentin, dit-elle ; quelle peut être l'idée de Berville en voulant le reprendre ? je crois qu'il me sacrifie. Si l'inconnue me connaît, je suis compromise. Ces deux noms à côté l'un de l'autre, ce n'est pas autorisé. Si Berville n'a eu pour moi qu'un caprice, est-ce une raison ?

Bah ! il m'en donnera un autre ; ce sera drôle.

Javotte allait peut-être envoyer le bracelet, lorsqu'un coup de sonnette vint l'interrompre dans ses réflexions. C'était le monsieur aux lunettes d'or.

– Mademoiselle, dit-il, je vous annonce un succès : vous êtes des chœurs. Ce n'est pas, de prime abord, une affaire extrêmement brillante ; trente sous, vous savez, mais qu'importe ? ce joli pied est dans l'étrier. Dès ce soir, vous porterez un domino dans le bal masqué de Gustave.

– Voilà une nouvelle ! s'écria Javotte en sautant de joie. Choriste à l'Opéra ! choriste tout de suite ! j'ai justement repassé mon chant ; je suis en voix ; ce soir, Gustave !... Ah, mon Dieu !

Après le premier moment d'ivresse, madame Rosenval retrouva la gravité qui convient à une cantatrice.

– Baron, dit-elle, vous êtes un homme charmant. Il n'y a que vous, et je sens ma vocation ; dînons : allons à l'Opéra, à la gloire ; rentrons, soupons, allez-vous-en ; je dors déjà sur mes lauriers.

Le convive attendu arriva bientôt. On brusqua le dîner, et Javotte ne manqua pas de vouloir partir beaucoup plus tôt qu'il n'était nécessaire. Le cœur lui battait en entrant par la porte des acteurs, dans ce vieux, sombre et petit corridor où Taglioni, peut-être, a marché. Comme le ballet fut applaudi, madame Rosenval, couverte d'un capuchon rose, crut avoir contribué au succès. Elle rentra chez elle fort émue, et, dans l'ivresse du triomphe, ses pensées étaient à cent lieues de Tristan, lorsque sa femme de chambre lui remit la petite boîte soigneusement enveloppée par Fossin, et un billet où elle trouva ces mots : « Il ne faut pas que les plaisirs vous fassent oublier un ancien ami qui a besoin d'un service. Soyez bonne comme autrefois. J'attends votre réponse avec impatience. »

– Ce pauvre garçon, dit madame Rosenval, je l'avais oublié. Il m'envoie une châtelaine ; il y a plusieurs turquoises….

Javotte se mit au lit, et ne dormit guère. Elle songea bien plus à son engagement et à sa brillante destinée qu'à la demande de Tristan. Mais le jour la retrouva dans ses bonnes pensées.

– Allons, dit-elle, il faut s'exécuter. Ma journée d'hier a été heureuse ; il faut que tout le monde soit content.

Il était huit heures du matin quand Javotte prit son bracelet, mit son châle et son chapeau, et sortit de chez elle, pleine de cœur, et presque encore grisette. Arrivée à la maison de Tristan, elle vit, devant la loge du concierge, une grosse femme, les joues couvertes de larmes.

– M. de Berville ? demanda Javotte.

– Hélas ! répondit la grosse femme.

– Y est-il, s'il vous plaît ? Est-ce ici ?

– Hélas ! madame,… il s'est battu,… on vient de le rapporter… Il est mort !

Le lendemain, Javotte chantait pour la seconde fois dans les chœurs de l'Opéra, sous un quatrième nom qu'elle avait choisi : celui de madame Amaldi.